胡煜抒情诗
精选集

播种
阳光

胡煜 ——— 著

应急管理出版社
·北 京·

图书在版编目（CIP）数据

播种阳光：胡煜抒情诗精选集／胡煜著． -- 北京：
应急管理出版社，2022

ISBN 978 - 7 - 5020 - 7412 - 8

Ⅰ. ①播⋯　Ⅱ. ①胡⋯　Ⅲ. ①抒情诗—诗集—中国—
当代　Ⅳ. ①I227. 2

中国版本图书馆 CIP 数据核字（2022）第 023323 号

播种阳光　胡煜抒情诗精选集

著　者	胡　煜
责任编辑	陈棣芳
封面设计	明翊书业

出版发行　应急管理出版社（北京市朝阳区芍药居 35 号　100029）

电　　话　010 - 84657898（总编室）　010 - 84657880（读者服务部）

网　　址　www. cciph. com. cn

印　　刷　三河市国新印装有限公司

经　　销　全国新华书店

开　本　880mm×1230mm $\frac{1}{32}$　印张　$6\frac{1}{2}$　字数　150 千字

版　次　2022 年 4 月第 1 版　2022 年 4 月第 1 次印刷

社内编号　20211520　　　　定价　98. 00 元

序 /

我是什么样的人？

这个问题，至今没有结果。

放下吧！我对自己说。

真的放下了，心自如自在，一切随缘而化。我从来没有享受过比今天更能使我愉快的思想，在瞬间的时光里，我便意识到诗的灵性充满了我的生命；我在自己的血脉中听见了溪流潺潺，在自己的思绪中隐见河川大海的流泻不息，使我的生命再次充满生机和色彩。有缘的你，请和我一起沐浴在这条活泼的自然的生命之流中，真正认识诗歌纯朴的灵性和悦动的生命张力。

诗歌是人类思绪与灵性的修行，可以超越现实，超越时空，超越人自然属性的局限，直达心灵深处，呈现真实的自我，载着人类的追求与想往飞跃，使人的心灵世界更加广阔，更加透澈清净，从而提高人各方面的素养。

诗人能看破、能放下，诗才能自由自在。

每个人都是一首诗，诗是生命的呼吸，灵魂的韵律。生活几乎无处不是诗。诗可以修心养性，可以为善为教，可以让人品味生活的圆满和缺陷，看淡过往和不足，对人生的恩爱得失、妍媸毁誉，淡定如斯。诗还可以丰富一个人的世界，心中有风景，自然虚怀若谷，生命都洋溢着意趣。

品诗，品人，品人生！

这些年来，我总想把自己创作的、喜爱的诗整理成集（1982—2017年），但始终未能如愿。

今日有幸，我能从这几十年的诗作里选出一些成集，也全是自然而然。但愿有缘人，能从中领悟生命与人生的真谛，从此更加热爱自己的生命和生活。

让我们一起思考，一起践行。前面有诗，前面有更加美好的风景。

胡煜

2021年10月

目 录

CONTENTS

001 // 序　诗

003 // 我痴心的爱

004 // 我是一个大骗子

006 // 珍　惜

008 // 静　坐

009 // 何须苦苦伤怀

011 // 白天和夜晚

013 // 都　市

015 // 金币的光亮

017 // 雨

019 // 阳　光

021 // 酒桌上的兄弟

023 // 记着回家

026 // 荣　誉

027 // 平凡的山

029 // 伴　侣

031 // 做一生追你的梦

034 // 问　路

036 // 胸　怀

037 // 面　貌

038 // 借用太阳的光

040 // 但黑夜却不肯离去

041 // 夫　妻

043 // 儿　女

044 // 露　珠

045 // 无　奈

046 // 庄稼汉

047 // 你

048 // 人生是一场戏

050 // 女　人

051 // 茅草房

053 // 深圳的民工

055 // 傍晚的阳光

056 // 我天真的思想

058 // 三岁的女儿

059 // 儿　子

061 // 植　物

胡／煜／抒／情／诗／精／选／集

063 // 拥有自己的思想

064 // 西落的太阳

065 // 看　云

067 // 寒　夜

068 // 岁　月

069 // 一枚银色的月亮

070 // 萤火虫

071 // 看　花

072 // 旅　途

073 // 冬　天

074 // 母　亲

076 // 李白的酒

077 // 归　乡

078 // 祖先的旧址

079 // 清扫工

080 // 剔透一生的弯曲

081 // 我的生命

084 // 炊　烟

085 // 保靖酉水河畔背沙的女人

087 // 窗　花

089 // 不要一阵风

090 // 平凡的生活

091 // 情　谁人守候

092 // 痛　苦

093 // 朋　友

095 // 一切都会变的

096 // 面对苦难

097 // 执着的守望

099 // 思　乡

101 // 走在深圳繁华的街道上

102 // 我　愿

104 // 横竖要往前头走

105 // 满屋的阳光

106 // 我的房子

108 // 雄　鸡

109 // 路的前面是什么

111 // 还有什么比活着更加美好

112 // 逆　境

114 // 生命正如灯光

115 // 苦涩里也有清香

116 // 船　夫

118 // 黎　明

119 // 枣　树

121 // 目　光

122 // 深　夜

124 // 播种阳光

125 // 我喜欢

129 // 花

130 // 家是什么

131 // 心灵的变迁

132 // 做　人

134 // 宿舍里的千纸鹤

136 // 都是美丽的阳光

137 // 忙

139 // 我是一枚万能钥匙

140 // 我不是我

141 // 种田的农夫

142 // 偏又堵不住

143 // 一切都忘记

144 // 一个美好的愿望

145 // 活　着

146 // 我不遗憾

147 // 不要把一切都说得完美

149 // 有一颗善心

150 // 一搏解烦忧

151 // 路

152 // 骂声不能窒息生命

153 // 凝望着手表

155 // 千万别亵渎自己的一生

156 // 昨天　今天　明天

158 // 不强求他人的理解

159 // 我永远是我

160 // 人生本是一枚苦涩的果

161 // 男　人

162 // 此刻才默默地深思

163 // 何　必

164 // 我

165 // 酒　吧

166 // 我想掰直人生的弯路

167 // 请与我一路同行

168 // 从现在出发

170 // 我怎会忘了你

171 // 可　惜

172 // 始终盼望

173 // 今　夜

176 // 爱思血染

179 // 思

181 // 勿忘我

183 // 弯曲的背影

184 // 将生命重写

186 // 这个冬天

188 // 自　嘲

189 // 后　记

序　诗

有缘的人

终会与这本诗集结缘

请善待她

也许她会成为你精神世界的一汪清泉

泽润你生命的每一个当下

她的思想

也许是一朵腊月寒梅的种子

戏斗寒霜

也许是七月荷花粉如霞

清香洁净

……

结缘于你

望能在你的土壤里馨香四溢

她美好的愿景

有一天

能把你心底的门洞开

允她

在你的天空天真地歌唱

把你带到忧愁或欢乐的地方

让她来侍奉你

但愿她的挚情

能唤起你对生命的爱

我痴心的爱

我痴心地爱你

而你却不知道

不知道的你

像山林中的小鸟

欢跃自在地飞翔

而痴心爱你的我

被痴爱所缚

从此

我心失去了自由

我是一个大骗子

我是一个大骗子

我欺骗了自己
说自己的身体强于钢铁
坚不可摧
其实我的身体
满身都纠缠着痛苦的疾病
生命之线早被命运拉长到极限
随时都会绷断

我欺骗了我的父母
说儿在外面打拼
一切安好、心身健康、幸福美满
其实我四处漂泊
很长一段时间居无定所

有时还饥寒交迫

饱尝了人间的苦难和打击

我欺骗了我的挚爱

把她的心放在我的心里

融为一体，没有彼此

告诉她我的生命轻盈愉悦

每天的工作非常轻松

没有任何压力

赚钱养家那真是再简单不过的事

我欺骗了我的孩子

在他的面前总是伟岸无比

一脸慈祥的笑意

给予他无限的父爱

给他创造好的生活环境

享用一切好的食物

我满脸的风霜与困苦都隐藏在笑容后面

胡／煜／抒／情／诗／精／选／集

珍　惜

珍惜

我们在一起

的时光

这深夜

的柔月

在我们的心间

暖了无数的寒冬

在一起

不问今生来世

不问前因后果

不管过去将来

这一世

让我们共享

生命的朦胧

与爱心细诉

与月色偎依

柔情空灵

这一刻

延绵了人生的无穷

何必去想

黑夜里的黑

何必挽留

终将要离别的月

珍惜

在一起

无常就变有常

短暂就成永恒

静 坐

静坐在河边

微风吹拂着菜地的清香

对岸的两盏昏灯

在夜幕里轻晃

弧形的河道上

躺着一只欲睡的船

月色连接着两岸

轻轻摇动不眠的思绪

何须苦苦伤怀

胡／煜／抒／情／诗／精／选／集

相爱时有快乐

分手后该没有伤感

无嗔无欲

让此生愉快地走过

是天意

是人意

无可奈何

何必还苦苦守待

失去的无可珍惜

还有什么可以留恋

说分手就分手吧

乞求也没有什么用

今天过去

明天又来

缘来缘去

何须苦苦伤怀

白天和夜晚

胡／煜／抒／情／诗／精／选／集

白天就要来了

夜晚在匆匆搬家

有时掉下一件或两件物品

就是我们时常看见的大雾

太阳如果没有按时出来

一定是又在和夜色打架

交替时手续不全

矛盾激烈

总有一方受伤

阴着脸

伤重时

会掉泪

会发火

会呐喊

就是我们常见的

下雨

闪电

打雷

都 市

胡／煜／抒／情／诗／精／选／集

都市

是一幅诱人的风景

风景中

人聚人散

时间

被车轮的滚动消亡

寒与暖的气流

来往匆匆

划破多少美丽的衣裳

人世间的沧桑

洗白又一个黎明

来来往往的人

喘息中

尽是说不完的辛酸

一种不能名状的痛

打碎了街市

遍地

都是飘零

胡／煜／抒／情／诗／精／选／集

金币的光亮

现在的人

已经遗忘了平凡

都在忙着捡拾

金币的光亮

它很沉

很重

压弯人的心

欲望中长出的

痛苦

似刀

割裂了宁静

没有颜色的血

更让人

恐怖异常

心

被戴上了沉重的镣铐

在金币的光亮里

走不出来

雨

胡／煜／抒／情／诗／精／选／集

雨

下很久了

淋湿了衣裤

淋湿了美好

淋湿了心

淋湿了光亮

冷冷的感觉

有时一个寒战

一个喷嚏

让人无奈

雨

下很久了

淋湿了憧憬

淋湿了幻想

很多好的东西发了霉

伤痛的感觉

有时一个黑洞

一个绝望

让人不认识自己

雨

还在下

你是不是很怕

也许

明天

还有一场更大的雨

阳 光

你敲打我的窗户

晶莹的光芒

唤醒我沉睡的灵魂

我小心地

收集这一缕缕珍贵的阳光

镀亮我黯然的虚空

内心

已是温暖横溢

这美好的皎洁

使我敢于面对

弯曲的人生

有阳光的支撑

眼睛

就是一堆不熄灭的篝火

燃亮深夜

收集在心里的阳光

是永不散失的亮

在平淡的日子里

显露辉煌

酒桌上的兄弟

醉了

是兄弟

醒着

是陌生

何时能风雨同舟

手中的伞

只够自己

不沾湿衣裳

离开酒桌

醒了的思想

一脸困惑

兄弟

这个词含义多深

酒桌四周

是没了的光亮

大家都在黑里

谁也不认识人心

灌酒灌酒

直到醉了

人傻了

思维灭了

这用生命相交的兄弟

薄得像一张纸

轻轻地一戳

就穿了

什么都没有剩下

记着回家

修好了手表

认准了时间

这是回家的时候

路上

太阳高悬

阳光照得我

闪闪亮亮

坦荡的心中

透着宽敞

没有阴影

阻挡我的步声

时针让我

在旧日子里醒来

没有时间

再在欲望的台阶上爬行

家的温暖

比黄金更亮

爱人孩子和阳光

照在我身上

闪着金光

我从如烧红的铁中醒来

祥和的宁静

似一道明亮

扫清心灵的污垢

一切风雨寒冷

都十分正常

像我抽的劣质香烟

来得自然

别老想着

吸血的蚊子

或者那个阳光高照时

酷寒的日子

人类文质彬彬地交谈

无价的友谊

或者什么都不想

只是一句话

一辈子都不能忘了

记着回家

荣 誉

胡／煜／抒／情／诗／精／选／集

从峰顶

坠入

谷底

轰然一声

便是

无边的平静

从此一切

像浮云飘散

冰冷的风

轻轻地抬起手

画了一个句号

平凡的山

平凡的山

有平凡的乐趣

它不会常挂在

人的嘴边

让唾沫四溅

谈论俊秀缺陷

也不用担心

沾满尘垢的步声

会踩碎它的梦

它不卑不亢

在自己的位置上

长出一些平凡的树

一些平凡的草

一些平凡的花

阳光

风雨

不论多与少

它都活得自在

坦然

没有什么

可以撼动它的情怀

没有哀怨

也不掀起半个恶浪

从不羡慕

名山的辉煌

它知道

没有它

名山也就没有了亮色

没有了生存的价值

所以

从不把自己小看

伴 侣

胡／煜／抒／情／诗／精／选／集

没有花开的季节

酒香砰然坠落

泥泞里的两个脚印

叠在一起

心能相印

血能相溶

你能挥开我的叹息

我能暖热你的冬日

一抹圣洁的余晖

装在心里

人生不再遗憾

你我不需要

动听的诺言

好名荣誉

伪饰的面孔

物质的美

心露珠般透明

一杯滚烫的白开水

就可以烘热了胸膛

也许我们

还会漂泊在风暴里

卑鄙将闪电摔在

我们的天窗上

还有雷雨

还有谗言

还有陷阱

但天越黑

我们的心越亮

是的

岁月会催老我们的躯体

也许日子让我们不能动弹

可它却催不老

我们心的晶莹

情的真挚

做一生追你的梦

你能唤醒

沉睡的灵魂

解除人生旅途上的疲惫

给痛苦的心以慰藉

给惘然者以希望

但你总是与我

隔河相望

我无法触摸

你的灵魂和血肉

我本想

在跋涉的路上

拾一些零碎新鲜的绿

用朴素的真实

装点你的辉煌

可你嫌弃我的真诚

看不起我的思想

甚至嘲笑我的俗气

我也曾苦恼过

而今的你

为什么变得那么富贵

让人感到高不可攀

你不再用山风乡村的温柔

去抚摸疲惫的思想

普通的人群无法接近你

弄不懂你的意思

更无法知道你蕴藏的内涵

你用晦涩、莫测、迷离、古怪

迷惑着一些人的心

就连吃也讲究花样美感

你已经遗弃了朴素

也不需要真诚

情感上更没有宁静

是谁让你
变成现在的模样

我痴迷的恋人
你是不是
让我也变得不认识自己
才肯请我到你的朗园
看风的走向
然后请我喝酒
让我从此也沉醉不醒

如果是这样
我宁愿与你隔河相望
不让我这颗痴情的心
被一阵风打落
我还是原来的我
做一生追你的梦
我不会去
亵渎你原本的美好

胡／煜／抒／情／诗／精／选／集

问　路

迷路了

向旁人问路

一个指南

一个指西

一个说要拐弯

瞎子一样

南走西转

拐了个弯

还在问路

车水马龙

混淆了清晰

摔着跟头

还在问路

这样走下去

像断了线的风筝

没有轨道

要一辈子问路

胸　怀

夜很沉

很沉的夜

亦挡不住明天的光

树无声

风吹雨打

沉默中不怕伤害

把平淡刻在心里

天地间

是一片宁静

面　貌

每个人
都有一副不同的面貌
面貌后
藏着摸不透的思想

真善丑恶
在思想的万花筒里
千变万化
每一个图案
都有它
存在的价值

胡／煜／抒／情／诗／精／选／集

借用太阳的光

曾经无数次

在命运中折叠自己

岁月亦无情地

伤害着心

曾经多少回

爱的沉沉缠绵

书写着真诚

面颊上依旧是苍茫困惑

曾经多少遍

魂绕梦萦的牵挂

守候着那一片母爱

日子里亦沦落谆谆的叮咛

于是

我借用太阳的光芒

晾晒湿透的心情

将那未卜的感伤

装进行囊

但黑夜却不肯离去

热泪散落

已成陈年旧酿

斟满

心中的杯

总也喝不醉

醒着的目光

喘着粗气

在岁月里走

日子

在变幻莫测中

繁荣或萧条

路上

我拿着晨曦的光

梳理着思绪

但黑夜却不肯离去

夫　妻

胡／煜／抒／情／诗／精／选／集

一辈子

没有不吵架的

夫妻

不变的

是吵架后的那份

恋情

血管里

时刻流淌着

牵挂

不知不觉中溶化成

爱的魂

最初的诺言

有宽容的心

播种阳光

支撑

爱情

在日子里

就不会被风干

胡／煜／抒／情／诗／精／选／集

042

儿 女

秋色深处

我坐拥你们的清纯

和对人生沉重的不解

我将自己

遗落在风雨中

透明的日光

折射我瘦弱的背景

在路口

我为你们挡着风

再也没有什么

可以引诱我的心

我知道

以后的岁月

有你们

简单的日子

变得丰满

露　珠

露珠

是黎明

在分娩太阳时

流的一滴血

刹那间消失

在不经意的风尘中

无　奈

倒了的辉煌

在叹息中

无奈

摆在日子里的安宁

竟不能

随手可取

庄稼汉

躬耕的背景

璀璨炙热的绿

点缀安然的图案

渲染出春夏秋冬的风景

弯曲的脊梁

掉在绿色装扮的憧憬里

渗出的汗滴

在阳光下透亮沉重的目光

伸着的双臂

在采摘的期待中

醉了沧桑的心

你

很多人

赞扬你的辉煌

谁知你

晶莹中藏污纳垢

它正慢慢腐蚀

你坚硬的身躯

你最初的承诺

已经远离了航线

不朽的光辉

不再是不灭的明灯

你已经穿上

别人的衣裳

摄成一幅泛黄的画卷

尘封如烟的往事

胡／煜／抒／情／诗／精／选／集

人生是一场戏

人生其实是一场戏

每个人都是其中的演员

不管演主角、配角

还是跑跑龙套

都需经历

春天的旺盛

夏天的炙热

秋天的凋零

冬天的霜雪

人生其实是一场戏

不论观众多寡

都应演出自家的面目

淋漓体现

人生的喜怒哀乐

悲欢离合

想想雄才霸略的汉武帝

想想殉志沉江的屈原

想想智勇双全的韩信

想想终生不得志的杜甫

想一想

你的心是否会豁然开朗

女 人

女人是水

可以给你无限的柔情

女人是火

会让你体受无比的温暖

与女人在一起

是一门很深的学问

掌握不好

不是溺死在水中

就是焚毁在火里

茅草房

瘦瘦的茅草房

驮着一家人的温暖

里面有主妇欢乐的心愿

好像大海的浪花

映着红得如血的黎明

干瘪的炊烟

燃红了锅里的欲望

有如一夜梦中

满嘴的油

润滑了一个冬天

屋门前的小溪

清清亮亮

洗透了一家人的纯朴

一抹山风从对面的山里吹来

凉爽着厚道的心

脚下那条走不完的弯曲路

被深刻在脸上的皱纹

弄得更加坎坷

深圳的民工

一股一股的人流

都是为活路而来

方言在每个角落碰撞

闪出的都是艰涩

这一方蓝蓝的天空

其实是他们的血染红

他们的足迹遍布大街小巷

每一座高楼的每一块砖里

每一条路面的每一粒沙里

葱郁下面的每一撮土里

全是他们的汗血叠成

还有好多美好的生命

为了这片土地的辉煌不再呼吸

他们任劳任怨

早出晚归

还要小心躲过清查

廉价的盒饭填不满浑身的疲惫

酣睡在潮湿的地方

梦中全是飘飞的痛

但心中不灭的光亮

又点燃清晨的黎明

傍晚的阳光

傍晚的阳光

总是懒洋洋的

不再挥动强大的光芒

晒干霉味的空气

它以胜利的荣耀

站成不倒的丰碑

宽容腐烂对树林的侵蚀

它不再溶解寒冰

在广阔的土地上

无休止地晃荡着它

金色的波纹

我天真的思想

用于战争的一切武器物资

在我天真的思想里

化成漫天蝴蝶的翅膀

地球上到处长满了绿

人们宁静地躺在自己的家里

享受夜晚的安眠

自然界美丽的风暴

映亮整个人类

庞杂的森林不断地向大地

输送新鲜的空气

野趣盎然的河道

戏笑间流过千家万户

装满清亮的生活

我牵着妻子的手

背着年幼的儿女

在茸茸的草地上

看这五彩缤纷的蝴蝶

在飞

三岁的女儿

三岁的女儿

经历了三个冬天

她知道冬天里的雪花是冷的

冬天里的风会吹皱她的小红脸

她知道冬天会让身体承受更重的负担

她不能穿轻巧的小花裙

不能穿凉鞋

不能与蝴蝶共舞

她知道自己必须耐住寒冷

尽管冻得瑟瑟发抖

她乌青的小嘴唇

竟说

爸爸

冬天怎么这么长

春天怎么那么短

儿 子

儿子

总是让我担心

十四年岁月的打磨

总也闪不出一丝亮点

好像路上的一枚石子

对一切都熟视无睹

他疏远帆

冷漠的表情

总是拦腰剪断温暖的阳光

他穿时尚

在电脑的游戏里把青春倒写

他制作泥人

没有灵魂的东西

是他版图上的辉煌

他无声的呼吸

经常扬起野性的旋风

他喜欢黑的雄性

一身黑装

让我这个父亲

在明亮的天空下无言

植 物

胡／煜／抒／情／诗／精／选／集

植物们召开紧急会议

个个抗议人类的霸道

毁坏我们赖以生存的土地

窒息我们的呼吸

各种工厂的污染改变了我们的颜色

我们开的花不再鲜艳

我们结的果不再丰满

在干旱时我们低垂着头

洪水一来又淹没我们的身躯

我们无法吐露新绿和清新

我们不再给大地披上美丽

它们的愤怒

让地球都感到寒战

地球在悲哀中也扬起抗议的灰尘

四处都是火一样的炙热
为什么人类还不醒悟
非得让植物们个个自灭
地球到处是光秃秃的
人类在绝境中难道还可以生存

拥有自己的思想

拥有自己的思想

就好像一条清澈的小溪

尽管要经过跌宕起伏

历尽曲折

满身擦痕

但终能汇入大海

波浪滔天

拥有自己的思想

也像飞翔的鸟类

能自由地栖息

也像饱满的种子落入土地

艰涩中萌芽壮大

也像冬天里的雪花

即使融化了

也拥有最初的纯洁

西落的太阳

太阳

被风口的风

吹落西山

流尽血的身体

在黄昏时

坠入黑夜

四周的啸声

婉转如旧

树叶和花朵

都零落为泥

而西落的太阳

为什么能东山再起

看 云

胡／煜／抒／情／诗／精／选／集

我仰躺于地

看云

一望无际的天幕

悬着飘浮不定的棉团

有时清澈如水

挂一道彩云

神秘圣洁安祥深邃

像湖上碧波荡漾的涟漪

一种无比的美

有时在瞬间白变成黑

排开风翻江倒海

昏天黑地

一种末日的感觉

有时晴空万里

一展宽阔的胸怀

好像死的法律

在活的生命中充满了弹性

更像人生的面孔

变化无常中

让人无可适从

胡／煜／抒／情／诗／精／选／集

寒　夜

夏天

从我的追忆中滑过

那枚红色的太阳

也提前下山

秋风毫不留情地

撕下最后一片绿

天气突然变得寒冷

呼啸的风再一次

从我的心里穿过

烟头落了一地

烟挤满了房子

竟无法熏醒

沉睡在我身边的黎明

岁　月

岁月

是一把

锋利的刀

无意间

时刻在雕刻

生命的挫折

一枚银色的月亮

我从深圳的海里

打捞起一枚银色的月亮

放在窗口

陨落的星光从历史中醒来

消融了昔日的苦涩

滚动的光球

唱落一叶叶苍凉

银辉在一夜间饮尽

忧郁的眼泪

透亮我窗前

无边的黑夜

萤火虫

胡／煜／抒／情／诗／精／选／集

白天

谁也不会想起你

而夜晚

你却是一盏不灭的灯

一闪一闪

为夜里的人

找回自己的灵魂

你不想让黑夜

弄黑整个大地

你把短暂的生命

点成亮

不想看到夜里

全是黑

看　花

我在花园里看花
想起花的悲哀
花怎能一世艳丽妩媚
何况日夜有风雨

我不敢随意摘其中的一朵
我怕花的妖艳
让我一辈子流泪

旅　途

路上

我触摸到纤夫的足印

它像血在我心中流动

我听到一种宽阔的声音

它像一把伞

为雨中的我撑起一片天地

冬　天

秋天用乌云般的手

硬把冬天从沉睡中拖了出来

冬天不习惯秋天的萧条

把生命飘落成雪

大地上看不到一点绿

早春的霞光厌恶雪的霸道

用铲子和锄头

不经意间

就敲碎了整个冬天

母 亲

母亲坐在门槛上

愣神地凝望着远方

看我的背影在另一座城市

怎样横穿过车流

看我在人生的寒风里

是不是冻得瑟瑟发抖

她用忧虑的目光

轻拍我满身的尘迹

她年复一年落的泪水

成了我生命中永不停息的河流

洗去我狂躁的个性

润泽我干枯的心田

我的影子总在她的心里

她用手紧紧地攥着

我不能搀扶着她走

反成了她最沉重的负担

近年来

她的背弯了

满头都是霜染的白发

每挪动一步

总喘咳不止

她托风传信给我

她老了

走不动了

不能来异域看我了

她不停地呼唤着我的乳名

一直到她不在的时候

这就是我苦难的母亲

一生都不改

牵挂的固执

李白的酒

胡／煜／抒／情／诗／精／选／集

从唐朝到如今

白天是不是原来的阳光织就

黑夜是不是原来的墨涂成

人是否比原来人长得更高

心是否比原来人的心更小

李白的酒又灌醉了一个夜晚

生出满夜的愁绪

黄河长江的水不能酿酒

屋门前的河水不能酿酒

现在只剩下李白的酒

一滴都很珍贵

归　乡

从灯火熄灭的城市归乡

火车的速度震颤流血的心房

乡音苍白的脸庞泪水横流

父亲和母亲牵挂的目光

在我的额上刻着皱纹

归乡的醉意淹没了落日的斜阳

我从清贫的兜里掏出母乳的滋味

月亮的清晖挤满了我整个胸膛

胡／煜／抒／情／诗／精／选／集

祖先的旧址

我姓胡

湖南没有祖先的旧址

我不知道这个姓发源何处

我感到一种强烈的孤单

外来人

总有点害怕这方天地的空旷

容不下

其实

这是多余的想法

但我仍有一种固执的念头

就想去看看

我祖先的旧址

坐落的位置

那扇大门开启的方向

清扫工

我是一名清扫工
清扫着白天和黑夜

我经常从晚上愁到天亮
太多的东西要扫

我一个人
还要扫大街上撒满的欲望

胡／煜／抒／情／诗／精／选／集

剔透一生的弯曲

四面的风雨
是我杯中的酒
狂醉我的个性

岁月苍老的面容
是我脸上刀刻的沟
零落日子里的艰涩

漫长的路
是我的目光
剔透一生的弯曲

我的生命

在人生遭受极端摧残的我
却面向春天

当晨曦垂挂在纱帘上时
一切却显得格外美好
心里又充满了对生活的热爱

面对这人生
我感觉到什么是渺小
潮起潮落
湮灭无数英雄豪杰

无尽的岁月
那些漂泊的日子
我不再聚集在自己欲望的酒杯里

我极力地跳了出来

抖落满身的尘埃

我沿着那条绿草丛生的小径走去

空气里含着露滴的新鲜

我的生命

就在这人生永无宁息的变幻之中

相互追逐

用脚步声打破这苍天的平静

我似乎又忆起了我志在四方

我似乎又想起了那雷雨中我走过的日子

曾见过那道美丽的彩虹

将我迷惑得如痴如醉

我不再停留在徬徨的迷乱之中

春风在我曲折的生命中吹拂着

一切都开始变得和谐

轻轻地我点一点头

将昨日的思想在今日的瞭望里摇落

心在复杂中便变得坦然

心灵的洁净

好似深山里一朵含苞未放的兰花

永远蕴藏着它特有的馨香

人生没有不息不止的冬天

生命又有了新一轮的向往

炊　烟

袅袅娜娜的炊烟

在房子的上面

藏着一种无可言喻的玄机

它与生命相濡以沫

淡淡的香味

是一双双手用艰涩熬出来的

它格外亲切细腻

它可以化成美丽的云朵

解流浪汉的相思

它可以随风远游

告诉游子故乡的信息

它的血是干旱时的雨

润泽一方土地

它的衣裳

是人类生存的一面

最鲜艳的旗帜

保靖酉水河畔背沙的女人

胡／煜／抒／情／诗／精／选／集

这是一群女人

一群背沙的女人

弯曲的身子

像一枚瘦的月钩

沧桑的面容

成了湘西酉水河畔

一道亮丽的风景

像一首古老的童谣

岁月无法褪尽她们的光泽

阳光剪影她们最美的风采

酉水定影她们最干净的灵魂

慕名而来的画家

临摹她们幽静里的羞涩

坚毅的脸与对贫穷不屈的性格

疲惫后幸福的笑

她们从晨曦背到黄昏

再回去背沉重的家

她们不想止歇

她们就好似酋水

长年累月地流

她们有最温柔的情愫

一想到丈夫与孩子脸上的笑

她们肩上背着的沙

就变得很轻

像她们头顶上的彩云

落在心里

是一片蔚蓝

窗　花

有窑洞的地方

窗子上就有窗花

黄土地是单调的

而窗花五彩缤纷

灿烂整个冬天

贫穷的人家

窗花更美

每一枚窗花里都有丰衣足食

给寒冷的家以生命的温暖

给寂寞苦涩的生活带来色彩和趣味

这些美丽的窗花

都注入了人的灵魂

它们有生命的活力

在黄土地上生机盎然

人们在现实中得不到的

可以把想象编织在窗花里

有了窗花

几千年来

人们在褴褛不堪的现实中

得到了梦想

不要一阵风

不要一阵风

一阵风过后

就是死水

哪怕是最寒冷的天

闯入了生命

生命里的苦

也不会是秋天里的落叶

胡／煜／抒／情／诗／精／选／集

平凡的生活

冷的时候

烧一炉火

热的日子

摇一把扇

阳光风雨

都会在岁月里走过

就这么走着

像时淡时浓的云彩

不卑不亢

不把自己小看

骨子里长一些精神

该烦该愁的事放在一边

足够的耐心

扛回一些油盐柴米

平凡的生活

有很深的内涵

情　谁人守候

胡／煜／抒／情／诗／精／选／集

没有问候

没有回音

苦没入空无

爱

在等待中

心会不会变老

缘

在无望的空间漂泊

情谁人守候

痛 苦

痛苦

不可抗拒

在心中滋长

有血的润泽

痛苦成了红色的花瓣

岁月如沙

不可扭转

这红色的花瓣

在心中化成

无言

朋　友

胡／煜／抒／情／诗／精／选／集

有钱有权

很容易交朋结友

这样的日子

好似鲜花簇拥的生活

馨香沁人

鲜花却禁不得风雨

飓风一刮

纷纷坠落

有些朋友

以心相交

真诚切切

不管风吹雨打

仍然如故

这样的朋友

好似埋在地里的酒

风雨越大

时间越长

越显芳馨

一切都会变的

一切都会变的

命运不是静止的

有黑

便有亮

有日出

便有日落

不要惧怕

突来的打击

哪怕创伤沉沉

哪怕一贫如洗

这都没有关系

不要沉溺于痛苦中

雨打寒冻

这是生活的主题

面对苦难

一个人

不可能没有苦难

过多的埋怨

只会加重心的负担

面对

不合理的一切

抹去人的欲望

平常的心

就会懂得生命的价值

活着

就不要害怕苦难

其实

苦难是一块砺石

只有它

能擦出生命的亮色

磨就耐寒的胸襟

执着的守望

胡／煜／抒／情／诗／精／选／集

冰结的思绪

一缕一缕

飘扬在蹉跎的岁月里

故乡已经很久没有消息

年迈的双亲

日渐斑白我的鬓发

记忆搁浅在

风吹雨打中

醉成沧桑

回家的路上不见灯光

高悬在心头的是

一巢落寞和彷徨

萧瑟的背影

沉浸在灰色的日子里

画不出一个安慰

执着的守望

像涨潮的海水

漫淹我模糊的眼角

思 乡

好多年了我不能回故乡

现在我想不起故乡的模样

故乡是不是疯长的野草

在纵横中招摇穿行

还是我远古记忆中

那棵被砍倒的树

枝叶飘零

我想把自己变成

在风雨里飞翔的雄鹰

悠然中飘临在故乡的怀抱

让牵肠挂肚的父母

抖落苦痛的思念

让浓浓的亲情

豁亮我漆黑如墨的目光

然后把我鲜活的心

化成一块石头

摆在祖宗的坟前

使我不致在漂泊的岁月里

让思乡沦为一片空白

走在深圳繁华的街道上

我孤单一人

走在深圳繁华的街道上

心胸坦荡

落叶飘零不知归宿何处

美丽的鸟儿也早已倦息在巢中

寒风是我肩上的行囊

一片静谧的绿色

点染我沧桑的面容

我流浪的脚步声

无法惊醒如此美好的夜晚

一种无言的安宁

将我人生疲惫的灵魂抹亮

我 愿

我愿天真的想象

借梦的翅膀飞翔

飞过人生那片荆棘

留下美好的记忆

我愿默默地凝视

透过每一颗心

穿过那片阴郁的树林

看出甘美的所在

我愿有一个恋人

时时在她的身旁

感受她爱的呼吸

醉恋于她的细语

我愿我的恋人

像一只小鸟偎依在我的身旁

帮我整理散乱的生活

细听我漫长艰涩的故事

我愿美好的一切

都能伴随我的左右

在黎明的曙光里

感受新生活的气息

横竖要往前头走

怎么说
愁也是愁

说什么一帆风顺
一走就溢出了愁
多想也没有用
横竖要往前头走

满屋的阳光

我用四十年的时间

采撷了满屋子的阳光

随手取一缕

就擦去惘然的惆怅

黑夜里睡觉

满屋的阳光站岗

心绝不会受伤

我的房子

胡／煜／抒／情／诗／精／选／集

你的房子

不是我的房子

我的房子没有空调

没有彩电和 VCD

没有豪华装饰

我的房顶是变幻莫测的天

白天有风和日丽

也会狂风暴雨

乌云滚滚

晚上有明月高照

星光灿烂

也有一眼望不见边的漆黑

阴风沉沉

我房子的四壁

阳光风雨黑暗

都可直着走进来

冰雪也可随时

落在我的地板上

遇狂风一吹

我便满身是尘沙

其实我是最快乐的人儿

天下到处都有我的房子

我豪爽地用生命请客

与白天黑夜狂饮

我沧桑的白发

是房子上不倒的旗帜

雄　鸡

胡／煜／抒／情／诗／精／选／集

夜用沉黑

锁住了天空

月亮和星星

折腾了一夜

也没有打开锁

雄鸡不畏

黑的鄙劣

在时间的缝隙里

伸出头来

放声一唱

锁天的锁

就落在地上

路的前面是什么

胡／煜／抒／情／诗／精／选／集

和一个朋友散步

沿着新修的路

但不知路的前面是什么

我们就这样走着

总是不知道路的前面是什么

我们谈论春天

花草和美丽的天空

还有柔柔雨丝下的泥泞

夏天在我们的话题里

烧出更加火热的温度

还有太阳灼人的感觉

秋天里硕果累累

一片金黄

也有落叶飘飞

说冬天的寒冷

总是爬上我们的脸面

一片荒凉的田野

但也喜欢雪的洁白

我们就这样走着

慢慢地消失在远方

但却不知道

路的前面是什么

还有什么比活着更加美好

不管生活有多少雪雨风霜

坎坷惘然

明天

能看到高悬的太阳

光芒四射

夜晚能看到银辉闪闪

星空灿烂

还有

晨曦的曙光

黄昏的晚霞

大自然童话般的恬静风光

彩蝶轻盈和悦飞翔

在潮起潮落时

感触生命还在自己手中

还有什么比活着

更加美好

逆　境

我把逆境看成一幅画

一道雄浑的风景

能欣赏画与风景的人

必能扭转命运

灾难又好似逆水行舟

经过一段最艰难的里程

前面必定能放舟千里

卓绝与平庸

常常在这时泾渭分明

落魄中能结识真正的朋友

善恶真诚虚假

在这时会淋漓尽致表演

这段痛苦的里程

更可以教会人

交友之德

为人之道

生命正如灯光

没说什么

就告别了过去

没多想

就迎来了现在

生命正如灯光

每时都有辉煌

过去和现在

便是生命的桥梁

苦涩里也有清香

夜静

从堕落的记忆里

捡拾起往日的追求

梦里

一缕缕馨香

岁月才减轻了心灵的呻吟

没有什么可以遗憾

人生本是一枚苦涩的果

苦涩里也有清香

船　夫

你轻轻卷着手中的旱烟

说你在河里漂流的故事

船曾承载着你无数幻想与希望

桨曾给了你很多欢乐的声响

而今幻想与希望一个个顺着流水消失

那声响变得凄凉

时时敲打在你的心上

你旁边站着的那个小伙子

说是你的孙子

黝黑的肌肤闪耀着光泽

手中那把长长的淘沙铲

说他已用了三个年头

他没有读过书

只有在斑驳的沙滩上

稍息时翻着连环画

说这是他唯一的乐趣

那船很旧也很老

浮在荡漾的水面

朦朦胧胧显得格外美

听说它曾翻沉河底

为了它的重生

小伙子的父亲将生命抵押

我不想搅乱这新的希望

望着船尾涌起的水泡

夹着声响

也许还会给他们倦怠的向往

水中的倒影显得梦幻

在我的思索中它对着我微笑

说能否给船夫指一条路

我低垂着头

看着茫茫的水面

不知何处是我靠岸的地方

黎 明

蹦跳的黎明

悄悄地爬进我的窗棂

用活泼的曙光

拨弄我满积冰雪的乱发

我伸手抓住

把它锁在心里

慰我长夜里的黑暗

枣 树

清明节

我从祖父的坟旁

挖了一棵小枣树

带回我生活的异乡

在城市的拥挤里

找一点小空隙把它栽种

每年它都开一些小花

挂几枚小枣

它悠悠然生活在他乡

不感一丝孤单寂寞

它也不与花草争艳斗胜

不与其他树木攀比高低

那红红的小枣

有时真像太阳派来的使者

向四方散射红亮的光芒

也不知怎么了

狂风骤雨

好像找到了攻击的目标

肆意撕裂枣树的枝叶

残害它的躯干

毁灭它的心和尊严

在风雨中经受折磨的枣树啊

还活在这个城市的间隙

不屈的头依然是那么挺立着

尽管身上伤痕累累

我却看到它一脸微笑

看到它的心从受伤的枝丫里

向四方输送的慈悲

我更在枣树的身上

看到祖父古朴乡民的性格

像绷紧的琴弦

宁肯断裂

也拒绝弯曲

目 光

我的目光
像两只无奈的手
交叉在胸前
似一扇门
守不住悲哀的心

远方
诱人的灯火
红了眼前的一片
叹息

深 夜

深夜
一个不抽烟的男人抽着烟
在窗口看风景
夜幕上挂着一颗星
一闪一闪
想照亮另一个世界

另一个世界的人
沉睡了

黑模糊了他的
视线
但这颗一闪一闪
的星
在他眼里反而变得

更加清晰
像挂在天幕上的
红灯笼
高高地任夜风吹

播种阳光

三岁的女儿

牵着我走在街上

熙熙攘攘的路人

来来往往

女儿说她心里装满了阳光

今天要播种在街上

让阳光在大街小巷中疯长

天不再阴霾

人不再寒冷

爸爸

我还要在你忧虑的目光里

也种上阳光

我喜欢

胡／煜／抒／情／诗／精／选／集

我喜欢我的心

就是你的心

在温暖中互相传递爱

我喜欢对望的

每一双眼睛

都流溢心灵的真诚

我喜欢世界

像一个大家庭

欢坐一团

我喜欢各民族

各种肤色

似亲人紧紧相拥

我喜欢今天

新的我们拥有的

都是无限的美好

我喜欢人间

一切肮脏的东西

在昨天已被我们埋藏

我喜欢不管

走到哪里

都用心去播种阳光

我喜欢我的微笑

给世界上每个人

带来快乐的温馨

我喜欢每个人

心里都有

暖洋洋的灯光

我喜欢在波澜的人生里

平静地梳理

狂躁的心态

我喜欢把遇到的痛苦挫折

化成通向

另一扇门的钥匙

我喜欢在别人

受伤时

敞开最真诚的怀抱

我喜欢我的心里

有一个无限的

包容

我喜欢不同的观念

都有生存的

土壤

我喜欢把人字

写得紧密有坚强的

支撑

我喜欢每天都学到新知识

去迎接灿烂美好的

明天

黑尘不能遮住

慈悲人的目光

有一颗爱的心

我们就能快乐幸福地

走完这漫长的

人生

花

开时

鲜艳无比

芳香四溢

落时

花瓣凋零

尘掩泥埋

胡／煜／抒／情／诗／精／选／集

家是什么

胡／煜／抒／情／诗／精／选／集

家是亲情

是迁就

是忍耐和宽容

是温馨的港湾

是雨后的清新

是狂风骤雨中的安宁

家里不生长仇恨

只有日月同辉的牵挂

是纤尘不染的圣地

是世上最美丽的风景

是温暖的阳光

是一望无际碧蓝的海

是幸福的泉

长流不息

清清亮亮

具有永恒的温馨

心灵的变迁

小时候

心是一片空旷的田野

纯真地欢迎每一个人进来

采摘芳香

收割食粮

长大了

心是一堵墙

挡住了和煦的阳光

里面的天地

不再向外开放

小到大

一种过程

两个世界

做　人

做人

切不可得意忘形

虚心是人得到尊重的基础

也不可凭欲望任意膨胀

知足是安居乐业的根本

做人

平常得近乎那一片茸茸的小草

如果都能挂上晶莹的露珠

天地便是一片清澈

闪耀透亮

做人

不经过风吹雨打

不在泥泞中跋涉

不在黑夜里摸清方向

怎么能扎根生活

生命没有贵贱之分

能堂堂正正

不沾污垢

做人

便无价可估

宿舍里的千纸鹤

拥挤的大学宿舍里

不知谁折叠起

一群千纸鹤

一排排放在墙龛上

有的对着窗

有的对着门

正在展翅飞翔

千纸鹤呀

你是羽化的精灵

你是我的眼泪

你舒展着羽毛

你知道什么是辽阔

你品尝着白云湿漉的甘洌

你带着我生活的沉重

在抨击中感受山崩地裂

与飞珠溅玉的韵致

你双臂飞扬得伤痕累累

可你仍仰望着蓝天

尽管带血的羽毛飘下

散落在苍茫的旷野

斑驳的雪路

这抵御风寒的羽毛

孤独里打湿了

那一轮轮月色

千纸鹤呀

黑夜与白昼

依然如常

一种顿悟

一种清醒

不觉中散落在我的心田

你啼血的飞翔

我这颗沉重的心

因你高远的希翼

而轻盈

都是美丽的阳光

你向我述说很多心酸

有如一片落叶飘零

留住的只是你的悲哀

你要我告诉你

人生的路该怎样走

而我面对冬天

在寒冷中观看日出

我不能改变生命

但能改变心态

人类的风风雨雨

在我眼里

都是美丽的阳光

忙

这个时代

我们学会了榨取时间

让生命不眠

把时间不断地掰成两半

科技、经济、政治

像一个飞速运转的轴

我们忙得失去了亲情

忙得无联系

使友谊之花凋谢

忙得生活失控

忙得无法体味生活

忙到生命一片苍白

我们不再听雨水

拍打大地的声音

我们不再追逐蝴蝶漫舞

我们不再看晨曦视晚霞

我们在忙里

在忙里

没有了白天和黑夜

我是一枚万能钥匙

我是一枚

万能钥匙

竟无法

打开

关着我一生

惘然的锁

胡／煜／抒／情／诗／精／选／集

我不是我

我是风雨中的伞
风雨中的事
全在伞中折叠

我是长流的河
清清的水洗白了
我的生命

我是聚了又散的云
在生活里
聚散无常

我不是我
是人口中的一句话
怎么说怎么像

种田的农夫

胡／煜／抒／情／诗／精／选／集

在农夫的手中

生活变得简单

生命在日晒雨淋中深刻

苦是生命的灯

勤是生命的根

忙是生命的乐趣

哪怕一无所有

快乐亦在眼中跳跃

随风而舞的乱发

是世上一面最洁净的旗帜

擦亮了人类黑夜的天空

偏又堵不住

从未相爱
却声称要分手

从未相识
却要断去往昔情

世途上
偏又堵不住
这揪心的苦痛

一切都忘记

胡／煜／抒／情／诗／精／选／集

失落多少
童时的向往
拾起多少
青年的梦

幸与不幸
只隔一条小溪

一切都忘记
手中唯有一支
清香的相思

一个美好的愿望

或许是因痴恋
才留下一串
苦涩的相思

向渡口走去
终因没有船
只好向对岸叹息

一个美好的愿望
在梦里再次闪烁
而今却在追求里衰老

活 着

胡／煜／抒／情／诗／精／选／集

活着
决不要去乞求
在自己的领地
安然地过日子

活着
决不去学别人的举止
在自己的渴望里
追求自己的生活

我不遗憾

流逝的岁月

终是流逝了

我不遗憾

曾在某些日子里

挥金如土

失去的爱

终是失去了

我不惋惜

为爱付的

款项

人生的路

还很长

很长的路

人要慢慢地

走

不要把一切都说得完美

你是快乐的
所以你说美好
在不幸者门旁
说强者的心坚强

不能说你对
也不能说你错

有的人爱绿色的山峦
有的人爱荒凉的沙漠
都有梦想
都有幻欲

火是燃烧自己
而照亮别人

人呢

也许是照亮自己

而燃烧别人

你现在展现笑容

是你得的太多

有朝一日命运恶变

你脸上同样有痛苦怅惘

不要把一切都说得完美

这种人往往忘记了明天

明天无法预卜

风一来

或许吹绿了树叶

或许刮来一个冬天

有一颗善心

胡／煜／抒／情／诗／精／选／集

有一支笔

就有一片人生沃土

有一颗善心

就有一个美好的世界

曾振翅飞翔

把一切递送给

不可知的彼岸

都是为了这支笔

这颗善心

一搏解烦忧

任人指责

任人说

别为几句闲言心烦

自己的路

须自己走

一搏解烦忧

路

你总被人踩
却毫无怨言

你没有烦闷忧伤
有的是赤裸的热情

每人都给你留下伤痕
你的心总那么宽容舒坦

骂声不能窒息生命

要停电

就停吧

漆黑里也能摸得清方向

要骂

就骂吧

骂声不能窒息生命

说再见

何必真要再见

别离的路没有尽头

一点星光

足够了

它可以照亮整个人生

凝望着手表

别发牢骚

牢骚没有用

也别问风往哪里吹

人生不像山河的小溪

一切都清清亮亮

痛苦时

我们去喝杯酒

别谈论人生

也别整天做梦

要下的雨

也无法让它停住

没有谁能告诉我们

这世界应该是什么模样

什么是对的

什么是错的

对与错间哪有明显的界限

凝望着手表

时间是否会

悄悄地将这一切都抹去

千万别亵渎自己的一生

别羡慕别人夜的篝火
也别为被风刮断的琴弦伤心
俯身只拾回那属于自己的一切
千万别亵渎自己的一生

做人就该有一颗善心
有一颗善心人才能行正
行正人才能走远
哪怕前路是狂风骤雨

胡／煜／抒／情／诗／精／选／集

昨天 今天 明天

胡／煜／抒／情／诗／精／选／集

昨天

今天

明天

希望每天都留有印记

流下了汗水

才不会枯萎那个希望的梦

曾想挑开春的面纱

在晨星里寻找一个答案

伸出手时

我已经不是自己

孤独是渴望之根

久盼是记忆的游云

不管怎样

仍得从

昨天

今天

到明天

不强求他人的理解

喝一杯美酒

不如饮一杯痛苦

痛苦教会了人怎样生活

不强求他人的理解

只羡慕自己

能够活着

我永远是我

在辱没中生活的人
是真正坚强的人

在荣誉的圈里
没有一个人没有病

既然摧残我是天意
好吧
我就走这条不幸的路

让侵蚀我的人去侵蚀
我永远是我

人生本是一枚苦涩的果

夜静静

从堕落的记忆里

捡拾起往日的追求

梦里

一缕缕的清香

岁月才减轻了心灵的呻吟

没有什么可以遗憾

人生

本是一枚苦涩的果

男　人

胡／煜／抒／情／诗／精／选／集

男人的刚强

男人的思想

男人的追求

男人还有一首爱的诗

默默地走

默默地思想

默默地让人误解

在生活里成熟

在生活里奋斗

在生活里爱恋

在生活里摊开一本苦涩的书

男人的背影是不解的谜

此刻才默默地深思

不仅仅为了青春

始终盼望结婚

有一句话

今天才说出了口

不仅仅为了安逸

始终想找一片栖身地

向昨天告别

才迎来了今天

一切如愿了

此刻才默默地深思

拦阻不了激情

偷袭整个心灵

何　必

已经生活得很好
何必还苟求愿望

既是苦恋
又何必忧伤

身体如果弄脏
何必也把心涂黑

人世间让人痛苦的事太多
太多了又何必痛苦

胡／煜／抒／情／诗／精／选／集

我

胡／煜／抒／情／诗／精／选／集

我

席地而坐

握一壶酒

低吟着海山一色的风光

任四周的风

似弯弓一样

射落我满头的白发

酒 吧

五颜六色的液体

在飘逸的金属声中旋转

昏暗的灯下

一双双眼睛

被音乐狂舞出热烈的燃烧

而后在自己的影子里熄灭

啤酒的亮度

无法透过虚无的心

一层层泡沫

在闪烁的灯下颓废

一个倒了的人字

像无主的孤魂

不知道回家

我想掰直人生的弯路

我想掰直人生的弯路
竖正人的思想
和谐地生活在一起
让每一个角落都充满温馨

我想焚烧贪婪的欲望
扫净膨胀的目光
让纯洁的心灵
都开出美丽的花朵

请与我一路同行

胡／煜／抒／情／诗／精／选／集

挥之不去的爱

筑就挚诚的侣伴

在我心中

铸成永恒

不知你的心中

是否也满载我的温馨

请与我一路同行

我带你走遍江南江北

看日出日落

看月色星光

看山中溪水潺潺

看海中波涛汹涌

看一望无际的草原

看遍地花开的五彩缤纷

然后让灵魂同回一个世界

从现在出发

从现在出发

让心永远爱你

无怨无悔地爱你

用每一刻的生命爱你

不让你再流一滴眼泪

不让你再有痛苦迷惘

不让你再感到爱的荒芜

我不是走向归途

也不是你心中的过客

我的故乡已经远去

小时候常听的笛声早已凋零

曾经的爱情如今似一种模糊的忧怅

在挥手的瞬间别离

人生的路悠长在寂寥的彷徨中

不曾有留恋的丁香飘过

却吹散了我大半辈子爱的奢望

不知是几世轮回

度我与你相识、相恋、相爱

好似梦一般奇景变迁

我不敢作别这纯净的爱泉

握紧又握紧

你却是波光里的柔波

沉淀了我生命中的苦难

而我却载满你的爱

此生不敢老去——直至永恒

我怎会忘了你

别回头望

猜疑是痛苦的酒

昨日已经过去

别再起那好冷好冷的风

有很多不同的眼色

有很多不同的谣言

我们该只相信自己

我独自一人时

总度日如蜗牛

时时想你

也时时念着属于我的生生世世

生生世世

我怎会忘了你

可 惜

忘记了一切
你的爱
才送我一片春情

多少絮语
多少愿望
才组合了两颗散乱的心

可惜，这是飘摇的希望
似你春初的诺言
落成秋日的黄叶

始终盼望

为爱情

你有欲望

为欲望

你有人生

不是为了感情的痛苦

不是为了痛苦的回忆

始终盼望

爱你的人胜过自己

今 夜

今夜

朋友和我把酒言欢

快乐中

我们畅谈

不要道我淡忘你的微笑

夜晚的明月

正听我的倾诉

不知不觉

黎明弄醒我的醉意

沐浴着晨露的晶莹

我把心儿

浸在这绚丽的时光

阳光谜一般地

洒在我们四周

醒过来的大地

也将脸庞

贴在我们的胸膛

青春洋溢的血液

也跳跃欢歌

吟出一路

溪水的叮咚

老天也宽恕我的任性

你祥和又慈怜的心

也会摇曳我的心灵

你曾在闪电的瞬间

戏弄我思想的魂魄

假如今夜我太放肆

请藏起你害羞的脸膛

暗黑的夜幕

也遮不住我的性格

不过，今天的黎明

从沉睡中

苏醒了的万物

都将证实

我爱得虔诚

爱思血染

岁月让一颗

沉落的心

重新在时光里

留下辙印

他被她一颗

暖烘烘的心

融化

变成一泓

潺潺的清泉

一路上欢歌起舞

清亮无比

她在他的心里

如喷薄的灵感

时刻回旋着

美丽的韵律

吐着清新的芬芳

她甚至比

高大的山

和宽阔的海

还要坚不可摧

在茫茫的大地

在生命的深处

她做无边的飞翔

他无法让思想停下

他与岁月对坐

品尝她的杏花酒酿

濯洗他

一个又一个黑夜

她浓浓的香

深厚的情

夜夜点燃

他深深的思念

胡／煜／抒／情／诗／精／选／集

她仿佛太阳

穿透了沉沉的乌云

射出无边温暖的光辉

他用无限的时光

细细触摸她

银子般闪光的思绪

不羁地追随着

这一如火如荼

最动人的景

黎明被一片

热血染红

思

垂钓湖边

水波柔柔

鱼儿未上钩

竟钓来思绪万千

有如跳动的风

振动我心扉

经久不息

一个故事连着一个故事

你在中间往返跳跃

似鱼儿戏水

言不尽的悠悠

而今孤单的我

散步、独坐、垂钓

每每都在捡拾落地已碎的叹息

谁人能言我如麻似的苦

谁人能知我思念之深之沉

上钩了

钓上的竟是你的微笑

好甜、好甜

喜与乐

我无言以表

自乐其中

不知减了几分忧愁

唯独一个思字

尽占心头

思，换愁、换苦……

还换来了每一个夜晚的梦

梦中

竟不知你微笑看谁

为这

何夜能眠

勿忘我

从梦中醒来

才感到自己情恋潺潺

心弦

又多了一根

这根弦与爱情弦和谐一致

轻鸣不休

这种思恋

不管在天涯海角

每时都能给我孤寂的生活以愉快、祥和

以精神、以信心、以光亮、以责任……

她像春风

时刻吹绿我的生命

也许你很快就要离开

回到你日思夜想的故乡

但我仍在每个空间

在细读那株勿忘我

勿忘我、勿忘我

你怎会忘了我

因为在你的心弦上

我弹奏出美妙的旋律

弹出了一个永久的思念

弹出了一个永恒故事的开头

悠扬的和音久久不休

好似美酒

醉了我的一生

弯曲的背影

胡／煜／抒／情／诗／精／选／集

望着弯曲的背影

就好像看到岁月里的自己

不知不觉就老了

读了好多历史书籍

总不能从中领悟

也走不出故事的诱惑

人生苦短

弯曲的背影

留下时间的碎片

涨落的日子

都在无声无息中

灭了

将生命重写

由陌生而熟悉
我结识了很多朋友
由熟悉而陌生
我遗忘了很多往事
人在往返中净化自我

人活着
每时每刻都在做着各种各样的买卖
一种无名的悲痛
被一场暴风雨卷走
闪电一刹那将生命重写

匆匆岁月
在坎坷中书画着新鲜
过去的种种

在绵绵的思绪里散尽

幽幽的黑暗和丑陋的感觉

在阳光的风中

一挥而尽

即便是呵气成冰的日子

那也是春风飘飘的音符

这个冬天

这个冬天

清冷寂静的今夜

这里是一个

触动愁情的地方

落魄的忧伤

不顺遂的心境

在悄悄啮噬着思绪

劲风中的残灯

是否在一刹那熄灭

四周没有了声音

而我醒着

看着

月亮西斜

闻着

欲望的钟声在敲

一记一记在四周

撞击得更黯淡

阴阴的寒气

想已霜结了干草

心中一滴滴

零落的凄绝

成冰

贴缀我惨淡的容颜

这个冬天

已将往昔的荣耀

剥落殆尽

心却变得

明净平坦

自　嘲

早闻"蓬莱"是海中的仙岛

跋涉了大半个世纪仍在梦中

老了总想让酒杯在手

躺下来已不是做梦的时候

都说人事无常

我却感觉不到苍茫、悲伤

藏在自己的杯里

酒已让我忘我

后 / 记

诗歌，是民族的精神花朵，是德、智、美的殿堂。诗歌的世界绚丽多彩，往往体现着诗人的高尚情操和人格力量。

对追求高品位生活的人来说，诗意地栖居，诗意地生活，是一种梦想，也是一种人生的境界。

大圣人孔子曾说：不学诗，无以言。生活中，诗总是无所不在，每个人都是一首最美的诗。

生命的过程，时常伴随着苦难和厄运。我写诗，其实就是消解这些苦难和厄运，追求幸福快乐。追逐的过程，就是一道与众不同的奇妙风景。

写诗还能让我从忙碌的生活中慢下来，审视自我，思考人生，涤荡心灵，陶冶性情，寻找到安放心灵的精神港湾。

在诗中，我走进了自己的内心，忘记了自己的孤独和痛苦，忘记了自己的挫折和困顿，甚至忘记了自我的存在，一种生命的灵性充实了我的整个心境，使我更能珍惜和享受每一个当下。

诗歌在我的生活中，似水，四处流溢，我的生活已经离不开诗歌的点缀和升华。

所以，不管在哪里我都深信，这个世界上最美好的就是博爱和慈悲，它是唯一能渗透心灵的阳光，时刻都在温暖着人，时刻都在播种希望。正是因为有了爱和慈，人间才会有信任和欣赏、关爱和支持、愉悦和快乐、鼓励和祝愿、发展与和谐、美好与幸福。愿天下人爱心和慈心常在。

写诗，是为了让站在黑暗里的生命，活在明亮中。诗歌将洗去我人生一路的卑微和落寞，赋予我取之不尽的激荡心灵的力量。

生活不只有眼前的苟且，还有诗和远方。

胡煜